AF382888

Analyse de l'œuvre

Par Elena Pinaud et Noémie Lohay

L'Appel de la forêt

de Jack London

lePetitLittéraire.fr

Rendez-vous sur lepetitlitteraire.fr et découvrez :

Plus de 1200 analyses
Claires et synthétiques
Téléchargeables en 30 secondes
À imprimer chez soi

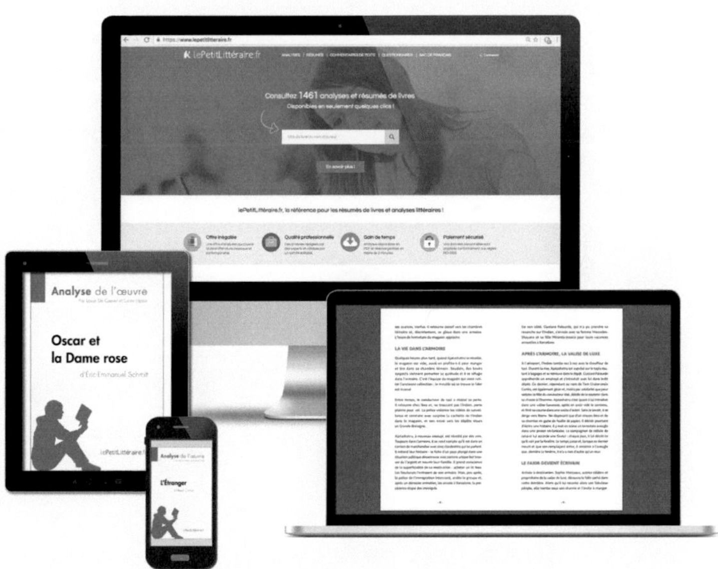

JACK LONDON

ÉCRIVAIN AMÉRICAIN

- **Né en 1876 à San Francisco (Californie)**
- **Décédé en 1916 à Glen Ellen (Californie)**
- **Quelques-unes de ses œuvres :**
    - *Le Loup des mers* (1904), roman
    - *Croc-Blanc* (1906), roman
    - *Martin Eden* (1909), roman autobiographique

Figure d'aventurier et d'homme engagé, son gout pour le large emmène Jack London, dès 1890, vers des destinations lointaines (Japon, Angleterre, le Grand Nord américain, Cuba) dont s'inspirent la plupart de ses romans. Sa carrière littéraire s'envole réellement en 1903 avec *L'Appel de la forêt*, qui connait un succès fulgurant.

Parallèlement à son activité littéraire, Jack London s'investit en politique en s'inscrivant au parti socialiste. Il est ensuite correspondant de guerre en 1904 sur le front russo-japonais. Miné par ses incessants problèmes financiers et sa consommation excessive d'alcool, Jack London s'éteint en 1916, à seulement 40 ans. Il est aujourd'hui considéré comme l'un des plus grands auteurs américains.

L'APPEL DE LA FORÊT

UNE AVENTURE HUMAINE

- **Genre :** roman
- **Édition de référence :** *L'Appel sauvage* (*L'Appel de la forêt*), trad. Frédéric Klein, Paris, Phébus, coll. « Libretto », 2003, 160 p.
- **1re édition :** 1903
- **Thématiques :** loup, Amérique du Nord, loyauté, instinct, survie

L'Appel de la forêt (*The Call of the Wild*) a constitué la consécration littéraire de Jack London. Il a été traduit dans de nombreuses langues et continue aujourd'hui à avoir le même succès qu'au moment de sa parution. Ce livre, à travers une écriture à la fois poétique et très simple, célèbre la loyauté, la grandeur et l'imprévisibilité des chiens, ainsi que la beauté des endroits sauvages du Nord ; il parle aussi, métaphoriquement, d'une aventure humaine impressionnante.

Certains critiques littéraires ont également vu dans ce texte un portrait de l'artiste en chien et des allusions à la doctrine scientifique de Charles Darwin (naturaliste britannique, 1809-1882) glissées sous la forme d'actions violentes commises pour la suprématie et pour la survie.

RÉSUMÉ

DANS LE MONDE DES ORIGINES

Le chien Buck vit depuis quatre ans dans la famille du juge Miller, au Sud des États-Unis, quand il se voit entrainé malgré lui dans l'aventure de la ruée vers l'or du Nord. Vendu à un marchand de chiens par un employé des Miller, il finit par arriver, après un voyage de 48 heures en train, dans une petite cage, sans eau ni nourriture, à Seattle (Washington), chez un autre marchand de chiens qui lui apprend sa future place parmi les hommes avec une férocité atroce. Buck comprend alors qu'il ne peut faire face à un homme armé ; il garde néanmoins son attitude majestueuse.

Perrault, un coursier employé du gouvernement canadien, et son camarade François achètent deux chiens, Buck et Curly. En descendant avec eux du bateau, dans le Nord, Buck découvre la neige, qu'il n'a jamais vue auparavant.

LA LOI DU GOURDIN ET DES CROCS

Très vite, Buck apprend qu'au Nord la seule loi qui s'impose est celle des crocs (entre les chiens ; Curly est notamment tuée par des huskys) et du gourdin (l'arme des hommes pour dompter les chiens). Une nouvelle épreuve se présente à lui : on lui met un harnais. Placé entre Dave et Solleks, deux chiens expérimentés qui complètent – avec Spitz, Billie et Joe – l'attelage, Buck découvre la vie de chien de traineau sous tous ses aspects :

- faire un trou dans la neige pour dormir sans perdre sa chaleur corporelle ;
- voler de la nourriture (acte justifié par « la lutte impitoyable pour l'existence », p. 56) ;
- supporter la douleur, arracher la glace collée à ses pattes, creuser dans la glace pour trouver de l'eau et courir par des températures frôlant les 50 degrés au-dessous de zéro ;
- développer sa musculature, mais aussi ses sens de l'odorat, de l'ouïe et de la vue ;
- la lutte pour la suprématie dans le groupe – Spitz, le chef de file, voit Buck comme son adversaire le plus redoutable.

LE MÂLE DOMINANT DES ORIGINES

Buck supporte bien le travail de trait, mais il hait Spitz et veut s'en débarrasser. Alors que Perrault souhaite battre le record de vitesse, sa tâche est compliquée par l'indiscipline des chiens, que Buck pousse à contester l'autorité de Spitz.

Un soir, l'attelage, rapidement joint par une cinquantaine de huskys du même camp, course un lièvre ; lorsque Spitz s'abat sur la proie, Buck fonce sur le chien : c'est le moment du combat final. Après une lutte ensanglantée, Buck vainc Spitz, achevé par les autres chiens, et s'en réjouit.

LE VAINQUEUR ASSURE
SA DOMINATION

Buck pense mériter pleinement la place de chef de file et, devant l'autorité qu'il possède désormais sur les chiens de l'attelage, Perrault et François sont obligés de l'accepter. Ils ne sont pas déçus, car Buck sait faire travailler tous les chiens et toujours trouver le bon chemin – permettant à Perrault d'atteindre le record voulu.

Les chiens sont repris ensuite par le service de la

poste, et font des trajets plus courts et réguliers. Buck continue à faire son travail de leadeur, bien que les courses soient moins intéressantes. Il pense souvent à la famille du juge, à Spitz et aux combats, mais il n'a pas le mal du pays, car il sent en lui des instincts primitifs et le souvenir d'une vie dans le froid. Le travail est rude, et Dave y succombe.

LE SUPPLICE DU TRAIT ET DE LA PISTE

Accablés par un travail prolongé, les chiens sont exténués et amaigris quand ils reviennent dans la ville de Skagway (Alaska). Ils sont achetés par deux hommes, Hal et Charles, et l'épouse de ce dernier – qui est aussi la sœur de Hal –, Mercedes, qui veulent partir vers le nord pour chercher de l'or. Très vite, leur manque d'expérience et de raison se manifeste : la nourriture et l'effort sont mal gérés, les chiens commencent à mourir dès le quart du chemin, et les hommes se disputent pour de futiles motifs.

Les voyageurs arrivent à l'embouchure de la White River au début du printemps, quand la glace du fleuve commence déjà à fondre, avec cinq chiens uniquement. John Thornton, un prospecteur installé à cet endroit, les avertit du danger de traverser le fleuve. Ils ne l'écoutent pas et forcent leurs chiens à avancer. Buck refuse de le faire, pressentant le danger et étant trop faible. Il reste indifférent aux coups infligés, mais Thornton ne supporte pas la vue de ce spectacle violent et s'interpose. Il détache les traits de Buck et reste à ses côtés ; l'attelage redémarre sans lui et se noie, la glace cédant sous son poids.

POUR L'AMOUR D'UN HOMME

Buck est très bien accueilli par Skeet et Nig, les chiens de Thornton. Une forte amitié se noue entre ce dernier et Buck. Son amour pour Thornton est exclusif : il le lui prouve en le sauvant de la noyade au péril de sa propre vie et en tirant 1 000 livres (environ 453 kilogrammes) sur 100 yards (90 mètres) pour lui faire gagner un pari. Cependant, son instinct sauvage continue de lui dicter d'autres désirs :

> « Dans la profondeur de la forêt résonnait un appel, et chaque fois qu'il l'entendait, mystérieusement excitant et attirant, il se sentait forcé [...]

> de plonger au cœur de cette forêt, toujours plus avant, il ne savait où ni pourquoi [...]. Cependant, chaque fois qu'il rejoignait la douceur d'une terre vierge et l'ombre verte, l'amour qu'il éprouvait pour John Thornton le ramenait vers le feu. » (p. 111)

L'APPEL RETENTIT

Avec la somme gagnée, Thornton, ses deux collaborateurs et leurs chiens partent chercher de l'or dans l'Est du Canada. Ils traversent des régions sauvages, non explorées, et finissent par trouver une source d'or. Ils s'y installent, et Buck, très à l'aise dans cette région isolée, ressent de plus en plus fortement un appel venu de loin qui l'attire vers la forêt, qu'il parcourt souvent. Le souvenir de cette région et d'un « homme poilu aux jambes courtes » (p. 126) le hante.

Une nuit, cet appel se concrétise sous la forme des hurlements d'un loup, que Buck rejoint. Il comprend que c'est là la manière de répondre à l'appel qu'il entendait en lui ; cependant, son amour pour Thornton le pousse à retourner au camp. Il chasse aussi agilement qu'un loup, et « le désir du sang devint en lui plus fort que jamais. » (p. 131) À l'automne, désirant abattre une proie importante, il s'attaque à un élan, le chef âgé de son groupe. Cet exploit psychologique et physique lui prend quatre jours.

De retour au campement de Thornton, Buck découvre qu'une troupe de Yeehats (tribu amérindienne fictive) vient de tuer tous ses amis, hommes et chiens. Fou de rage, Buck se jette sur eux et en tue une partie, le reste s'enfuyant en proclamant « l'arrivée de l'Esprit du mal » (p. 138). Accablé par la mort de son ami, Buck est pourtant fier d'avoir vaincu l'homme, « le plus noble de tous les gibiers » (p. 139), qu'il « avait tué en dépit de la loi du gourdin et des crocs » (*ibid.*). Il sait qu'il n'en aura dorénavant plus peur.

Entendant leur appel, il rejoint ensuite la meute des loups, qui le provoque d'abord en l'attaquant et en mesurant sa force. Il résiste à cette épreuve, surpassant chaque loup, jusqu'à l'apparition du premier loup qu'il avait rencontré et qu'il considère comme son « frère sauvage » (p. 141). Les loups le reconnaissent alors comme l'un des leurs, et Buck s'enfonce avec eux dans la forêt, répondant ainsi définitivement à l'appel qui résonnait en lui.

Les indigènes racontent que les loups de la région ont changé depuis : ils sont plus grands, marqués de taches blanches et marron rappelant celles de Buck, et ils ne craignent plus de s'approcher des fermes et de les attaquer. Un « grand loup au pelage glorieux, qui ressemble à tous les autres loups, tout en étant très différent » (p. 142), sort parfois de la forêt pour hurler sa tristesse près de l'ancien campement – que n'approchent jamais les Yeehats – de Thornton, là où une cabane et des sacs remplis d'or sont envahis par la végéta-tion. C'est ce même loup qu'on peut voir « courir en tête de la meute [...] tandis qu'il entonne la chanson d'un monde plus jeune, qui est le chant de la meute » (*ibid.*).

ÉTUDE DES PERSONNAGES

BUCK

Ce chien est un mélange de saint-bernard et de berger écossais, qui a reçu en héritage de ses parents la taille, la tenue et la beauté ; il pèse 140 livres et est habitué à « l'existence d'un aristocrate repu » (p. 35). Il est le roi de la propriété où il « [a] passé les quatre années de son existence » (p. 34), aimé et respecté de tous (il « n'était ni un chien d'intérieur ni un chien de chenil. Le domaine entier lui appartenait », et les autres chiens du domaine « ne comptaient pas », *ibid.*). Être vendu, frappé et transformé en chien de trait est donc pour lui un choc considérable, mais sa supériorité morale et son caractère fort lui apprennent à s'adapter et à survivre :

- il cesse de réagir quand il voit que ses aboiements font rire les hommes ;
- il sait montrer sa force quand cela est nécessaire ;

- il apprend à voler et à dominer psychologiquement les autres (chiens et hommes).

À première vue, il semblerait que Buck vive une chute sociale et de rang : tout roi qu'il était, il devient chien de trait, battu et humilié. Mais son histoire ne s'arrête nullement là, puisqu'il finit par rejoindre les loups, dont il devient même le leadeur, renouant ainsi avec la vie sauvage de ses ancêtres. De monarque parmi les humains, il redevient ce qu'il était intérieurement, grâce à son histoire personnelle profonde : le monarque de la nature sauvage et de ses semblables, les loups. C'est le parcours d'une initiation au cours de laquelle il subit des épreuves d'humiliation.

Sa métamorphose n'est pas uniquement intérieure. En effet, Buck change aussi physiquement et devient un vrai chien du Nord :

> « Il acquit des muscles d'acier, une résistance accrue à toutes les agressions du quotidien. [...] Sa vue, son odorat s'aiguisèrent de façon remarquable, son ouïe devint si fine qu'il percevait le moindre bruit dans son sommeil [...] Sa qualité la plus remarquable était sa capacité à sentir le vent et à prévoir sa direction dès la veille. » (p. 57)

Par certains aspects de son parcours – qui comprend des moments de grandeur, de bassesse et de réconciliation avec soi-même –, Buck se rapproche également de Thornton. Au milieu des chiens et des loups, il s'impose par toutes ses qualités.

SPITZ

Spitz est « un gros animal du Spitzberg [Norvège], blanc comme neige [...]. Son allure amicale cachait un caractère traître ; tandis qu'il souriait, il méditait quelque tour en sous-main » (p. 44). Fort et expérimenté, Spitz est placé en tête du traineau et dirige les autres chiens. Buck « conçut pour lui une haine acharnée et mortelle » (p. 49) lorsqu'il le vit ricaner après la mort de Curly. Si, dans leur inimitié, Buck « ne trahissait aucune impatience et ne prenait jamais l'offensive » (p. 59), Spitz, par contre, cherche sans cesse à attaquer Buck. Leur rivalité ne peut s'achever qu'avec la mort de l'un des deux, et Spitz meurt effectivement, vaincu par Buck.

DAVE ET SOL-LEKS

Dave est « une bête lugubre et morose [...] il

n'avait qu'un désir, être laissé tranquille [...] il nageait et dormait, ou bâillait entre-temps, et ne s'intéressait à rien » (p. 44). Dans l'attelage, il se montre « juste et très sage » (p. 53), permettant à Buck d'apprendre de ses erreurs. Sol-leks est, quant à lui, « un vieux husky, maigre et décharné, au visage balafré par les combats ; il avait un œil unique dont l'éclat témoignait d'une vaillance qui imposait le respect. On l'appelait Sol-leks, ce qui veut dire le Coléreux. [...] Apparemment son unique ambition, comme celle de Dave, était qu'on le laissât tranquille » (p. 50).

Tous deux partagent un désir de tranquillité teinté d'indifférence à ce qui les entoure, ainsi qu'un acharnement à la tâche qu'on leur confie :

> « Toute leur passivité et leur indifférence s'étaient évanouies. Ils se montraient vigilants et actifs, soucieux de bien faire avancer le travail, et vivement irrités par tout ce qui – ralentissement ou désordre – pouvait le retarder. Le dur labeur des traits semblait l'expression suprême de leur existence, le seul but de leur vie et la seule chose qui les réjouît. » (p. 53)

Entièrement dévoué à son travail – tout comme Sol-leks –, Dave refuse d'être mis à l'écart, même lorsque ses forces l'abandonnent ; à bout de forces, il sera achevé par les conducteurs du traineau. Sol-leks, quant à lui, décède lorsque l'attelage de Hal et Charles traverse la glace.

PERRAULT ET FRANÇOIS

Perrault est « un Franco-Canadien, au teint basané » (p. 43), dont le compagnon de route, François, est « un métis franco-canadien, et deux fois plus basané que lui » (*ibid.*). À l'image de Dave et de Sol-leks, Perrault et François sont obnubilés par le travail et par le sens du devoir. À côté de son travail de distribution postale, Perrault souhaite cependant également battre le record de vitesse en traineau.

Ils prennent grand soin de leurs compagnons de route, les chiens, condition indispensable à la réussite de leurs entreprises : ils distribuent équitablement la nourriture, confectionnent des chaussons pour les pattes de Buck et inter-viennent quand les disputes entre leurs animaux deviennent trop violentes. Si « François était sé-vère et exigeait une obéissance immédiate, qu'il obtenait grâce à son fouet » (p. 49), tous deux sont « des hommes justes, calmes, impartiaux dans leur manière de rendre la justice, et trop avisés en ce qui concernait les chiens pour se laisser duper par eux » (p. 43).

Ils ont le sens des responsabilités, mais ils savent aussi que la nature règle elle-même certaines choses, puisqu'ils laissent Buck et Spitz mettre fin seuls à leur lutte pour la suprématie dans le groupe.

JOHN THORNTON

Il symbolise le prospecteur qui s'adapte parfaitement au milieu, qui aime la grandeur du Nord et sa solitude, mais qui est très attaché à ses chiens. Il possède des « mains rudes mais affectueuses » (p. 105), et Buck le voit comme un homme particulièrement aimable et généreux, voire « le maître idéal » (p. 108) : « D'autres veillaient au bien-être de leurs chiens par sens du devoir et par intérêt pratique ; lui veillait au bien-être des siens comme s'ils avaient été ses propres enfants, parce qu'il ne pouvait s'en empêcher. » (*ibid.*) L'amour qu'il leur porte lui est rendu en égale mesure.

Il est le seul qui retienne Buck dans la civilisation,

peut-être parce que le chien le voit comme son équivalent humain. Comme Buck, il est en effet animé par le désir d'être le premier et de montrer sa supériorité ; il part notamment « à la recherche d'une mine [d'or] perdue légendaire, dont l'histoire était aussi ancienne que l'histoire du pays » (p. 123). Il est assassiné par une tribu amérindienne en l'absence de Buck.

Thornton est également le double littéraire de Jack London, l'auteur : leurs caractères sont très proches et leurs noms ont des consonances voisines.

CLÉS DE LECTURE

L'INSTINCT

Le responsable (en partie) de l'évolution de Buck, à savoir l'instinct, évoqué dès l'épigraphe, est plus fort que la conscience : au bout de multiples efforts, il refait surface et est incontrôlable. Le hurlement du loup qui conclut le récit consacre le retour définitif de Buck à l'état sauvage, et son triomphe sur les humains et les bêtes. Mais la victoire de l'instinct de loup ne se fait pas sans mal, puisque Buck subit en quelque sorte un rituel initiatique. C'est son instinct de loup qui lui inspire, après les épreuves, l'instinct de conservation et le désir de vivre.

L'épigraphe

> « Les antiques désirs nomades
> Secouent l'habitude et sa chaîne ;
> S'éveillant d'un sommeil maussade,
> L'instinct sauvage nous entraîne. » (p. 33)

Cette épigraphe est un commentaire et un éclaircissement du titre et du texte, dont elle précise et souligne la signification. L'épigraphe est donc un vecteur de sens qui invite le lecteur à lire le texte dans une direction donnée.

Elle résume ainsi le trajet de Buck : « l'appel de la forêt », qu'il commence à sentir en lui une fois le Nord atteint, finit par avoir raison des bonnes manières acquises chez le juge Miller. Il ne pouvait pas en être autrement, car l'instinct influe sur le destin de chacun, et il suffit d'un incident pour qu'il se réveille :

> « Mais malgré cet immense amour qu'il portait à John Thornton, [...] l'impact de la race originelle, réveillée en lui par le pays du Nord, demeurait vivant et actif. [...] Il était une créature du monde sauvage, venue du monde sauvage pour s'asseoir près du feu de Thornton, plutôt qu'un chien des douces terres du Sud marqué par des générations de civilisation. » (p. 110)

L'initiation

Le récit initiatique « met en scène un héros jeune [...] et un Mentor, une série de séquences d'apprentissage, et une phase de transition vers une conscience supérieure » (ARON P., « Récit initiatique », in ARON P., SAINT-JACQUES D. et VIALA A. (dir.), *Le dictionnaire du littéraire*, Paris, Presses universitaires de France, 2004, p. 519). Si Buck n'est pas un héros à l'aube de l'âge adulte et ne possède guère de réel mentor, on remarque toutefois une série d'étapes dans sa progression vers le statut d'animal sauvage :

- découverte du travail des traits, du climat du Nord et de la « loi du gourdin et des crocs » (p. 56) ;
- acquisition de plus en plus d'expérience au fil des voyages, couplée aux instincts de ses ancêtres qui resurgissent peu à peu ;
- mise à mort de Spitz ;
- découverte de la chasse, à laquelle il prend davantage gout au fil du récit ;
- rencontre avec un loup solitaire, qu'il reconnait comme son « frère sauvage » (p. 130) ;
- désir de tuer qui devient prépondérant et s'exprime plus pleinement dans sa poursuite et mise à mort d'un orignal (grand ruminant) ;
- enfin, meurtre des hommes ayant assassiné Thornton et intégration de Buck au sein de la meute de loups, qu'il finira par diriger.

Ainsi, Buck évolue vers une identité nouvelle, en renouant progressivement avec ses racines de loup sauvage.

L'instinct ancestral

La redécouverte de son instinct par Buck, ainsi que son retour progressif à la vie sauvage, constitue le thème principal du roman. London insiste ainsi sur la loi des origines, qui rend ce monde originel différent de notre monde civilisé : les valeurs morales – telle la pitié – et les sentiments n'y ont pas leur place et sont vus comme un « handicap superflu dans la lutte impitoyable pour l'existence » (p. 56).

Buck retourne progressivement à ce monde, d'abord en prenant connaissance de « la loi du gourdin et des crocs » (*ibid.*), puis en s'adaptant physiquement et mentalement à la dure vie de travail et à la rivalité avec d'autres chiens, et enfin en laissant revenir en lui les instincts sauvages de ses ancêtres.

Ce retour au monde sauvage d'un animal domestique est sous-tendu par une forme de darwinisme, ce qui apparait aussi lorsque la narration hésite sur les termes à employer : « Il progressait – ou régressait ? – à grands pas. » (p. 57) London décrit un animal domestique dont les instincts sauvages reviennent peu à peu, comme s'il portait en lui la mémoire collective de son espèce. Et, de fait, à plusieurs reprises, Buck fait l'expérience de visions ou de rêves, qui ne sont autres que les souvenirs de ses ancêtres :

> « Des instincts longtemps assoupis revivaient dans son être, tandis que les générations domestiquées s'en effaçaient. [...] Ils [ses ancêtres] ranimaient en lui la vie des temps anciens, et les vieilles ruses qu'ils avaient imprimées dans l'hérédité de la race devenaient les siennes. Elles lui revenaient sans effort, sans qu'il eût à les découvrir, comme si elles lui avaient toujours appartenu. Lorsque, dans le calme des nuits froides, il pointait le museau vers une étoile et hurlait longtemps à la façon d'un loup, c'étaient ses ancêtres, devenus cadavres et poussière, qui pointaient le museau vers l'étoile et hurlaient à travers les siècles jusqu'à lui. » (p. 57-58)

En outre, ces souvenirs qui lui apparaissent sont plus puissants que les souvenirs personnels de Buck. Sa génétique domine ainsi son identité, donnant à voir une forme d'intemporalité : « La scène donna à Buck une sensation de familiarité. […] C'était comme si elle avait toujours existé, et constituait le cours habituel des choses » (p. 74) ; « Il était plus âgé que les jours qu'il avait vécus, plus vieux que les années pendant lesquelles il avait respiré. Il liait le passé au présent, et l'éternité, derrière lui, palpitait en un rythme puissant auquel il se pliait comme s'y plient les marées et les saisons » (p. 111).

LE DARWINISME

Charles Darwin est l'« auteur de l'ouvrage à retentissement mondial *L'origine des espèces*, publié en 1859, qui révolutionna la pensée de l'homme jusqu'alors anthropocentrique, en démontrant que l'humain appartenait au règne animal et que Dieu et sciences devaient être séparés » (« Darwinisme », in *cnrtl.fr*).

Parmi les principes de la théorie darwiniste, on retrouve l'idée que les animaux sont, en raison de la limitation des ressources, « en situation de concurrence vitale, d'où résulte la lutte pour la vie » (« Darwinisme », in *larousse.fr*), ainsi que le principe de la survie du plus apte (c'est-à-dire du plus adapté à son environnement) dans laquelle le hasard joue un rôle : certaines mutations génétiques conféreront un avantage à certains individus, qui les transmettront donc à leurs descendants, causant ainsi l'évolution de la population – c'est la sélection naturelle.

Ce principe de la survie des plus aptes a souvent été présenté, à tort, comme la « loi du plus fort » (lequel éliminerait le plus faible), un énoncé qui a connu des dérives sociologiques (eugénisme [théorie et pratiques qui visent à améliorer le patrimoine génétique humain], racisme, etc.) justifiant la supériorité d'une partie de la population par rapport aux autres (on parle de « darwinisme social »), et ce, bien que Darwin lui-même se soit opposé à cette vue (notamment dans son ouvrage *La filiation de l'Homme*, paru en 1871).

Ce retour aux origines suscite chez Buck une joie profonde, loin de la vie paisible, mais sans passion, qu'il menait au début du récit. En outre, des capacités nouvelles, physiques et mentales – rapidité, sens aiguisés, instinct marqué, ruse, etc. –

de ses ancêtres apparaissent en lui. Ce faisant, le chien apparait également comme supérieur à l'homme : si, dès le début, Buck refuse d'être servile, après s'être rapproché de ses origines, il possède « un sens si sûr de l'orientation qu'il aurait couvert de honte l'homme et son aiguille aimantée » (p. 136).

HUMANITÉ ET ANIMALITÉ

Une fable sur l'homme ?

À travers un récit sur la conscience et l'évolution d'un chien, London raconte une histoire qui pourrait très bien être celle d'un homme. C'est d'ailleurs l'un des points forts du texte : il met en scène une allégorie – représentation d'une idée abstraite par un récit ou une image – de la vie humaine. Tout en racontant les mésaventures, les expériences et les exploits d'un chien, une histoire qui pourrait d'ailleurs être tout à fait véridique, l'écrivain fait indirectement le récit d'un parcours d'homme.

Les analogies entre l'homme et le chien sont nombreuses, et le choix de cet animal n'est pas dû au hasard : le chien est parmi les premiers animaux domestiqués par l'homme ; il figure donc parmi ses compagnons de longue date. La complicité qui se noue entre les hommes et les chiens au Nord de l'Amérique est un aspect familier à London grâce à son passé de prospecteur. Cela – ainsi que son enfance et son adolescence marquées par des contacts difficiles avec les hommes – lui a appris que la nature humaine est changeante, qu'un « instinct sauvage » (p. 33) somnole derrière les bonnes manières, et que les caractères sont fort différents.

Les chiens mis en scène par London illustrent cela de manière subtile : Buck est, à l'image de l'auteur, frappé par l'injustice de certains et influencé par son instinct de nomade, mais aussi, à l'image de Thornton, un prospecteur qui garde son attitude majestueuse même dans les conditions impitoyables du Nord.

Certains chiens illustrent des faiblesses de l'homme, mises en évidence par London par le biais d'épithètes révélatrices :

- Billie a « trop bon caractère » (p. 50) ;
- Joe est « revêche, introverti, grondant sans arrêt, avec un regard malveillant » (*ibid.*) ;

- Pike est un « voleur malin et habile à simuler »
  (p. 56) ;
- Dub est un « gaffeur maladroit » (*ibid.*).

D'autres ont au contraire pour mission de souligner des qualités très appréciées par l'auteur : par exemple, Skeet et Nig, les deux chiens de Thornton, « ne lui [Buck] manifestaient aucune jalousie. Ils semblaient partager la gentillesse et la générosité de John Thornton » (p. 108).

Rapports humains – animaux

Les rapports entre humains et animaux présentés au sein du roman sont également variés. Buck connait d'abord la vie tranquille au domaine du juge Miller, où il est fier de sa position particulière. Lorsqu'il est enlevé à cette vie, il rencontre différents types d'hommes et de traitements, de la maltraitance à l'amitié :

- pour Manuel, il n'est qu'une marchandise lui permettant de gagner un peu d'argent ;
- le marchand de chiens chez qui il termine utilise la force brute pour mater les chiens, leur assénant des coups de gourdin jusqu'à ce qu'ils se soumettent ;

- Perrault et François, s'ils font parfois usage de la force (fouet ou gourdin), n'en abusent pas et sont estimés par Buck pour leur sens de la justice. Attachés à leurs animaux, ils en prennent grand soin, et c'est en pleurant que François fait ses adieux à Buck ; auprès du métis écossais qui les prend en charge ensuite, Buck et ses compagnons connaissent « une vie monotone, qui fonctionnait avec une régularité de machine » (p. 82). Si Buck « [n'aime] pas ce travail » (*ibid.*), il est traité avec soin durant cette période de sa vie, quoique sans affection particulière ;

- Hal, Charles et Mercedes sont par contre de piètres maitres. Ils n'ont aucune considération pour les chiens, qu'ils n'hésitent pas à frapper sans relâche et à faire travailler bien au-delà de leurs forces. Ils peinent également à accepter les conseils d'autrui, ce qui ne les aide guère à prendre soin de leurs animaux ;

- Thornton, enfin, est pour Buck le « maître idéal » (p. 108), aimable et généreux, aimant et respectant ses chiens – qu'il ne frappe jamais –, il « veillait au bien-être [de ses chiens] comme s'ils avaient été ses propres enfants [...] Il n'oubliait jamais de les saluer gentiment, de leur dire un mot d'encouragement ; et s'asseoir pour bavarder longuement avec eux [...] faisait son bonheur autant que le leur » (*ibid.*).

C'est finalement sans maitre, au milieu des loups, que Buck trouvera réellement sa place.

LA MÉTAPHORE DU NORD

Géographie du paysage

Bien que n'étant pas décrit en détail, le paysage traversé est assez bien situé, géographiquement parlant : de Santa Clara (Californie) à Seattle, en passant par San Francisco, d'abord, pour le voyage initial de Buck ; son arrivée à Dyea (Alaska) ensuite, et le rude trajet qui le mènera à la ville de Dawson (Yukon) avec l'attelage de Perrault et François, en passant par des étapes telles que le col de Chilkoot (Colombie-Britannique), le lac Bennett (à la frontière de la Colombie-Britannique et du Yukon), le fleuve Yukon et ses affluents (les rivières Thirty Mile, Forty Mile et la White River sont par exemple citées).

Le reste du roman est situé dans ces limites, l'attelage de Buck faisant de nombreux allers-retours entre Dawson et Salt Water (désignant probablement l'océan), en passant par Skagway, à l'exception du dernier chapitre : Thornton et ses acolytes décident de partir dans l'Est, sans plus de précision. Notons que ces territoires correspondent à la réalité historique de la ruée vers l'or du Klondike (affluent du Yukon).

LA RUÉE VERS L'OR

Le 16 aout 1896, George Carmack, son beau-frère Skookum Jim Mason et Dawson Charlie, leur neveu, découvrent de l'or dans le ruisseau Rabbit, un affluent du Klondike. L'année suivante, le 14 juillet 1897, l'*Excelsior* accoste à San Francisco avec une lourde cargaison d'or, et le *Portland* fait de même à Seattle le 17 juillet : il n'en fallait pas plus pour déclencher une véritable ruée vers l'or.

Venus du monde entier – en particulier d'Amérique et du Canada –, des dizaines de milliers de chercheurs d'or débarquent alors dans la région. Jack London arrive le 7 aout à Dyea, où commence le périple des prospecteurs.

De là, il leur faut passer le col du Chilkoot

avec « la tonne de ravitaillements exigée par la police à cheval du Nord-Ouest (assez pour qu'un homme puisse subsister pendant une année) » (Gates M., « La ruée vers l'or du Klondike », in *encyclopediecanadienne.ca*), au prix de nombreux allers-retours (London franchit le col le 30 aout, avant les premières neiges).

Arrivés au lac Bennett, il leur reste alors 800 kilomètres jusqu'à Dawson City, qu'ils parcourent en bateau sur le Yukon dès que la glace commence à fondre. Des 100 000 chercheurs d'or, seuls 30 000 atteindront finalement Dawson City (qui devient rapidement une ville prospère) – et bien moins feront fortune. London lui-même ne travaillera que très peu dans sa concession ; atteint du scorbut, il repart pour San Francisco le 29 juin.

À noter que, si les cartes omettent souvent de les mentionner, « [donnant] au contraire à penser que le paysage est en grande partie vierge, et donc exploitable d'emblée » (Murray J. S., *Terra nostra. Les cartes du Canada et leurs secrets, 1550-1950*, Québec, Les éditions du Septentrion, 2006, p. 111), la région était pourtant bien peuplée de groupes amérindiens, tels que les Tlingits, les Tagish, les Häns ou les Koyukons, présents bien avant l'arrivée des blancs.

Les Tlingits et les Koyukons ont servi de porteurs, guides et pilotes de bateaux aux chercheurs d'or. « En retour, leurs terres ont brulé dans de violents feux de forêts, leur gibier a été sur-chassé, leur eau potable a été contaminée, et endéans 1914 d'énormes piles de résidus s'étendaient là où des ruisseaux avaient toujours coulé. » (PORSILD C., *Gamblers and Dreamers : Women, Men, and Community in the Klondike*, Vancouver, University of British Columbia Press, 1998, p. 59) ; la chasse des Häns fut, elle aussi, perturbée par les étrangers et, plus tard, ils furent déplacés dans une réserve.

Ces peuples ont également été frappés de maladies apportées par les prospecteurs (diphtérie, variole, grippe ou encore typhoïde) ; pour toutes ces raisons, l'arrivée des étrangers décima plusieurs populations amérindiennes.

Ces territoires nordiques sont l'occasion pour Buck de découvrir la neige et de faire l'expérience d'un froid intense. London nous offre également des indications sur les dangers et difficultés du trajet : le chemin est ainsi malaisé lorsque la neige est fraiche, les chiens s'enfonçant davantage, mais beaucoup plus rapide quand la neige est tassée. Pour cette raison, « Perrault passait devant l'équipe pour damer la neige avec des raquettes et leur faciliter la tâche. [I]l se vantait de bien connaître la glace – connaissance indispensable, car celle d'automne était très fine, et là où l'eau courait rapidement, il n'y avait pas de glace du tout. » (p. 55)

Le Nord est décrit comme un « milieu hostile » (p. 56), « triste et solitaire » (p. 54) ; on y trouve un « froid glacial », des « rives menaçantes, bordées d'une glace qui s'affaissait et se craquelait sous les pas » (p. 64). De plus, l'eau n'est pas toujours prise par les glaces, ce qui retarde également le trajet ; ainsi en est-il de la rivière Thirty Mile :

> « Ses eaux sauvages défiaient le gel [...]. Il fallut six journées de progression harassante pour parcourir ces terribles trente milles. Et terribles, ils le furent, car hommes et chiens vinrent à bout de chaque pied de terrain au péril de leur vie. Une douzaine de fois, Perrault, qui avançait en

éclaireur, tomba à travers les ponts de glace [...] le thermomètre marquait cinquante au-dessous de zéro et chaque fois qu'il passait au travers il était forcé, pour survivre, de faire un feu et de sécher ses vêtements. » (p. 63)

Les rapides où Buck sauve Thornton de la noyade sont un autre danger notable du voyage.

Dimension symbolique

Si choisir le Nord comme cadre du récit est une occasion de célébrer la beauté des endroits non explorés, sauvages, et qui ont pu conserver leurs caractéristiques ancestrales, cet espace hyperboréen est surtout une métaphore de l'instinct qui dort en chacun d'entre nous et des souvenirs du passé enfouis en nous, comme nous le rappelle l'épigraphe. C'est aussi une image symbolisant la vie, avec ses épreuves et ses combats, que seuls les plus forts et les plus adaptés, comme Buck, peuvent vaincre – ici resurgit le darwinisme, dont London était un adepte.

Le Nord est enfin un endroit primordial, le lieu des origines (c'est là que Buck ressent avec une intensité nouvelle « l'appel de la forêt », son instinct de loup ayant traversé les générations), avec des forêts gigantesques dans lesquelles on s'enfonce pour sortir du temps et de l'espace (les rêveries de Buck sur des créatures à moitié humaines).

Situé dans un contexte historique et géographique particulier qui apparait en filigrane, ce court récit fait l'apologie, au travers de diverses allusions, de la loi du plus fort, et dresse le portrait d'un animal retournant peu à peu à l'état sauvage, renouant ainsi avec la nature et avec ses racines.

PISTES DE RÉFLEXION

QUELQUES QUESTIONS POUR APPROFONDIR SA RÉFLEXION...

- Quelles sont la fonction et la signification de l'épigraphe du roman ?
- Selon Jack London, de l'instinct ou de la conscience, qu'est-ce qui prend toujours le dessus ? Expliquez le point de vue de l'auteur à ce propos. Et vous, qu'en pensez-vous ?
- Après la lecture de l'œuvre, quels points communs décelez-vous entre les hommes et les chiens ?
- Pourquoi peut-on dire que le parcours de Buck est une allégorie de celui des hommes ?
- En quoi le récit aurait-il été différent s'il avait été présenté selon le point de vue de l'homme et non selon celui de Buck ?
- Le récit se clôt sur le hurlement du loup. À votre avis, quelle est la portée symbolique de cette fin ?
- Que représente le Nord dans le roman ? Étudiez sa dimension symbolique.

- Qu'est-ce que le darwinisme, et en quoi intervient-il dans l'œuvre ? Que pensez-vous de la façon dont il est ici présenté ?
- Comparez cet ouvrage avec un autre livre de Jack London, *Croc-Blanc*. Quels sont les points communs entre les deux œuvres ? À partir de cette comparaison, établissez une liste de thèmes de prédilection de l'auteur.
- *L'Appel de la forêt* s'appuie sur un contexte historique précis. Quel est-il, et en quoi pouvez-vous rattacher la vie de l'auteur avec ses écrits ?

Votre avis nous intéresse !
Laissez un commentaire sur le site de votre librairie en ligne
et partagez vos coups de cœur sur les réseaux sociaux !

POUR ALLER PLUS LOIN

ÉDITION DE RÉFÉRENCE

- LONDON J., *L'Appel sauvage* (*L'Appel de la forêt*), trad. Frédéric Klein, Paris, Phébus, coll. « Libretto », 2003.

ÉTUDES DE RÉFÉRENCE

- ALIX C. et CSONKA Y., « Peuples autochtones », in *universalis.fr*, consulté le 20 septembre 2017. https://www.universalis.fr/encyclopedie/alaska/5-peuples-autochtones/
- ARON P., « Récit initiatique », in ARON P., SAINT-JACQUES D. et VIALA A. (dir.), *Le dictionnaire du littéraire*, Paris, Presses universitaires de France, 2004, p. 519.
- BERTON P., *Klondike. The Last Great Gold Rush, 1896-1899*, Toronto, Anchor Canada, 2011.
- BROUARD A., « Yukon : La ruée vers le Grand Nord », in *lemonde.fr*, 5 juillet 2011, consulté le 20 septembre 2017. http://www.lemonde.fr/voyage/article/2011/07/05/yukon-la-ruee-vers-le-grand-nord_1540670_3546.html

- « Darwinisme », *Dictionnaire de l'Académie française*, neuvième édition, in *cnrtl.fr*, consulté le 20 septembre 2017. http://www.cnrtl.fr/definition/academie9/darwinisme
- « Darwinisme », in *larousse.fr*, consulté le 20 septembre 2017. http://larousse.fr/encyclopedie/divers/darwinisme/39635
- « Darwinisme », *Trésor de la Langue Français informatisé*, in *cnrtl.fr*, consulté le 20 septembre 2017. http://www.cnrtl.fr/etymologie/darwinisme
- GATES M., « La ruée vers l'or du Klondike », in *encyclopediecanadienne.ca*, 19 juillet 2009, consulté le 20 septembre 2017. http://www.encyclopediecanadienne.ca/fr/article/ruee-vers-lor-du-klondike/
- GENETTE G., *Seuils*, Paris, Seuil, coll. « Points Essais », 2002.
- LAFFONT R. et BOMPIANI V. (éd.), *Le nouveau dictionnaire des auteurs*, Paris, Robert Laffont, coll. « Bouquins », 1998.
- LAFFONT R. et BOMPIANI V. (éd.), *Le nouveau dictionnaire des œuvres*, Paris, Robert Laffont, coll. « Bouquins », 1994.
- « La ruée vers l'or du Klondike », in *tc.gov.yk.ca*, consulté le 20 septembre 2017. http://tc.gov.

yk.ca/archives/klondike/fr/prologue.html

- MURRAY J. S., *Terra nostra. Les cartes du Canada et leurs secrets, 1550-1950*, Québec, Les éditions du Septentrion, 2006.

- *Narratologie*, n° 1, Nice, publications de l'université de Nice, 1998.

- POSRILD C., *Gamblers and Dreamers : Women, Men, and Community in the Klondike*, Vancouver, University of British Columbia Press, 1998.

- « Skookum Jim Mason, pionnier du Klondike », in *ici.radio-canada.ca*, 19 aout 2014, consulté le 20 septembre 2017. http://ici.radio-canada.ca/emissions/a_rebours/2013-2014/chronique.asp?idChronique=346672

- ZIPES J., *The Oxford encyclopedia of Children's Literature*, Oxford, Oxford University Press, 2006.

SUR LEPETITLITTÉRAIRE.FR

- Fiche de lecture sur *Croc-Blanc* de Jack London.

Retrouvez notre offre complète sur lePetitLittéraire.fr

- des fiches de lectures
- des commentaires littéraires
- des questionnaires de lecture
- des résumés

ANOUILH
- Antigone

AUSTEN
- Orgueil et Préjugés

BALZAC
- Eugénie Grandet
- Le Père Goriot
- Illusions perdues

BARJAVEL
- La Nuit des temps

BEAUMARCHAIS
- Le Mariage de Figaro

BECKETT
- En attendant Godot

BRETON
- Nadja

CAMUS
- La Peste
- Les Justes
- L'Étranger

CARRÈRE
- Limonov

CÉLINE
- Voyage au bout de la nuit

CERVANTÈS
- Don Quichotte de la Manche

CHATEAUBRIAND
- Mémoires d'outre-tombe

CHODERLOS DE LACLOS
- Les Liaisons dangereuses

CHRÉTIEN DE TROYES
- Yvain ou le Chevalier au lion

CHRISTIE
- Dix Petits Nègres

CLAUDEL
- La Petite Fille de Monsieur Linh
- Le Rapport de Brodeck

COELHO
- L'Alchimiste

CONAN DOYLE
- Le Chien des Baskerville

DAI SIJIE
- Balzac et la Petite Tailleuse chinoise

DE GAULLE
- Mémoires de guerre III. Le Salut. 1944-1946

DE VIGAN
- No et moi

DICKER
- La Vérité sur l'affaire Harry Quebert

DIDEROT
- Supplément au Voyage de Bougainville

DUMAS
- Les Trois Mousquetaires

ÉNARD
- Parlez-leur de batailles, de rois et d'éléphants

FERRARI
- Le Sermon sur la chute de Rome

FLAUBERT
- Madame Bovary

FRANK
- Journal d'Anne Frank

FRED VARGAS
- Pars vite et reviens tard

GARY
- La Vie devant soi

GAUDÉ
- La Mort du roi Tsongor
- Le Soleil des Scorta

GAUTIER
- La Morte amoureuse
- Le Capitaine Fracasse

GAVALDA
- 35 kilos d'espoir

GIDE
- Les Faux-Monnayeurs

GIONO
- Le Grand Troupeau
- Le Hussard sur le toit

GIRAUDOUX
- La guerre de Troie n'aura pas lieu

GOLDING
- Sa Majesté des Mouches

GRIMBERT
- Un secret

HEMINGWAY
- Le Vieil Homme et la Mer

HESSEL
- Indignez-vous !

HOMÈRE
- L'Odyssée

HUGO
- Le Dernier Jour d'un condamné
- Les Misérables
- Notre-Dame de Paris

HUXLEY
- Le Meilleur des mondes

IONESCO
- Rhinocéros
- La Cantatrice chauve

JARY
- Ubu roi

JENNI
- L'Art français de la guerre

JOFFO
- Un sac de billes

KAFKA
- La Métamorphose

KEROUAC
- Sur la route

KESSEL
- Le Lion

LARSSON
- Millenium I. Les hommes qui n'aimaient pas les femmes

LE CLÉZIO
- Mondo

LEVI
- Si c'est un homme

LEVY
- Et si c'était vrai…

MAALOUF
- Léon l'Africain

MALRAUX
• La Condition
  humaine

MARIVAUX
• La Double
  Inconstance
• Le Jeu de l'amour
  et du hasard

MARTINEZ
• Du domaine
  des murmures

MAUPASSANT
• Boule de suif
• Le Horla
• Une vie

MAURIAC
• Le Nœud
  de vipères

MAURIAC
• Le Sagouin

MÉRIMÉE
• Tamango
• Colomba

MERLE
• La mort est
  mon métier

MOLIÈRE
• Le Misanthrope
• L'Avare
• Le Bourgeois
  gentilhomme

MONTAIGNE
• Essais

MORPURGO
• Le Roi Arthur

MUSSET
• Lorenzaccio

MUSSO
• Que serais-je
  sans toi ?

NOTHOMB
• Stupeur et
  Tremblements

ORWELL
• La Ferme
  des animaux
• 1984

PAGNOL
• La Gloire de
  mon père

PANCOL
• Les Yeux jaunes
  des crocodiles

PASCAL
• Pensées

PENNAC
• Au bonheur
  des ogres

POE
• La Chute de la
  maison Usher

PROUST
• Du côté de
  chez Swann

QUENEAU
• Zazie dans
  le métro

QUIGNARD
• Tous les matins
  du monde

RABELAIS
• Gargantua

RACINE
• Andromaque
• Britannicus
• Phèdre

ROUSSEAU
• Confessions

ROSTAND
• Cyrano de
  Bergerac

ROWLING
• Harry Potter à
  l'école des sor-
  ciers

SAINT-EXUPÉRY
• Le Petit Prince
• Vol de nuit

SARTRE
• Huis clos
• La Nausée
• Les Mouches

SCHLINK
• Le Liseur

SCHMITT
- La Part de l'autre
- Oscar et la
  Dame rose

SEPULVEDA
- Le Vieux qui
  lisait des romans
  d'amour

SHAKESPEARE
- Roméo et Juliette

SIMENON
- Le Chien jaune

STEEMAN
- L'Assassin
  habite au 21

STEINBECK
- Des souris et
  des hommes

STENDHAL
- Le Rouge et
  le Noir

STEVENSON
- L'Île au trésor

SÜSKIND
- Le Parfum

TOLSTOÏ
- Anna Karénine

TOURNIER
- Vendredi ou
  la Vie sauvage

TOUSSAINT
- Fuir

UHLMAN
- L'Ami retrouvé

VERNE
- Le Tour
  du monde
  en 80 jours
- Vingt mille
  lieues sous
  les mers
- Voyage au
  centre de
  la terre

VIAN
- L'Écume des jours

VOLTAIRE
- Candide

WELLS
- La Guerre des
  mondes

YOURCENAR
- Mémoires
  d'Hadrien

ZOLA
- Au bonheur
  des dames
- L'Assommoir
- Germinal

ZWEIG
- Le Joueur
  d'échecs

ISBN version numérique : 978-2-8062-2077-6
ISBN version papier : 978-2-8062-1317-4
Dépôt légal : D/2017/12603/830

Avec la collaboration de Noémie Lohay pour l'étude des personnages de Spitz, Dave et Sol-leks, les encadrés sur le darwinisme et la ruée vers l'or, ainsi que pour les chapitres « L'initiation », « L'instinct ancestral », « Rapports humains-animaux » et « Géographie du paysage ».

Conception numérique : Primento,
le partenaire numérique des éditeurs.

Ce titre a été réalisé avec le soutien de la Fédération Wallonie-Bruxelles, Service général des Lettres et du Livre.